渴飲光流

吳懷晨

為憂傷的心靈賦寫史詩：讀吳懷晨詩集《渴飲光流》

向陽（詩人、台北教育大學台灣文化研究所教授）

一、

《渴飲光流》是「浪人」、哲學博士、詩人吳懷晨繼《浪人吟》之後的第二本詩集。六年級中段班的他，具有跨越不同領域，既浪漫又理性，能在山風海雨之前狂歌傲嘯，也能在子夜書房孤燈之下窮經治學；能寫詩，兼長散文。二〇一三年他出版第一本散文集《浪人之歌》，就受到讀書界的肯定，獲得開卷年度好書獎；二〇一五年出版第一本詩集《浪人吟》，也備受詩壇矚目，勇奪吳濁流新詩獎。詩人、學者陳芳明在《浪人吟》推薦序中這樣肯定他：

吳懷晨是罕見的知性詩人，他偏離抒情傳統，而以一雙冷靜的眼睛注視著這個家國。他的詩行看來是採取旁觀的態度，但是整本詩集合觀時，卻有他積極的介入。對他而言，詩是一種干涉的行動，當他的詩行在進行時，無疑是帶著強烈的人文關懷。他的詩，就是他的哲學思考。捧讀他的詩行之際，我們不能不對這位哲學浪子投以專注的眼眸。

可見吳懷晨一出手就展現了他與同世代詩人相對不同的特質，在他的諸多詩作中都蘊含著深沉的哲學思維，他的詩不乏激情、狂歌、魔幻、晦澀的語言，但都建構在冷鬱的知性之上。這使得他的詩既具有奇詭的想像，也富有寓言式的生命哲思，總是讓讀者在沉迷於他詩中的繽紛呈顯的語境之餘，也能省思眾生之苦與萬有存在的命題。

二、

《渴飲光流》，作為吳懷晨的第二本詩集，延續了《浪人吟》的筆鋒和語調，同樣流盪著迷人的閱讀氛圍；不同的的是，這次他選擇的主題大步跨入一段幽暗的時間長廊，他以白色恐怖統治下受傷的生命、不屈的靈魂為對象，勾描令人驚心動魄的史事，批判不義與強權對人的存在與尊嚴的踐踏，交織在神話、魔幻和現實的多重映照之中，展現了意象繽紛而又色調清晰、音聲雜揉而又主調突出的史詩格局。

從主題上來說，一如吳懷晨在書上的按語所示：

《渴飲光流》這首詩組中，我擅（引）改（寫）了丁窈窕、江炳興、許立志、陳映真、曹開、魯迅、蔡鐵城等先行者的文字。為免干擾閱讀，全書僅曹開〈開釋〉一詩處附註。筆者試著在更大的尺度中去理解人世的不義，拳拳懷向，致敬繩繩！

詩集中的同名詩輯〈渴飲光流〉共收短詩六十四帖，合為一首長篇組詩，詩中引用或改寫所提諸人，魯迅、陳映真、曹開為批判白色恐怖統治的著名作家；丁窈窕、江炳興係台灣戒嚴年代因案遭判死刑被槍決的政治犯，許立志是中國詩人，富士康生產線工人，後跳樓身亡。吳懷晨在詩中改寫或引用他們的文字（當然也包括事蹟），如他所說，就是要「理解人世間悲苦不義」——這可說是〈渴飲光流〉這組詩作的主軸，以此主軸發展出來的六十四帖小詩，因而如暗夜星辰，以明滅的淚光垂鑑政治產業的暗黑與反抗者無可奈何的悲涼。

以這首組詩的開篇第I章為例，共收十四帖短詩，是以戒嚴年代關押政治的綠島監獄為鋪展背景，用詩來再現當時眾多政治犯被關押、被刑求、被「教育」、被勞動、被槍決的慘狀，模擬他們在獄的心境。十四帖詩宛然以血淚鎔鑄、以生命襯底，讀來令人動容。其中第三帖以(a)、(b)兩節寫綠島受刑政治犯（一群穿著卡其衣服的新生）接受「教育」和「勞動」的心境。(a)節以「馬戲團」諧謔當年台灣省保安司令部設在綠島的「新生訓導處」（一九五一至一九七〇年）的思想改造的「無所不能」：

馬戲團的匣門又要開了……

馴獸師揮鞭斥責
獸群便躡起腳尖，排排乖乖登台演
採石場上，日光布幕一拉

薛西弗斯就變出一間堅固的屋子
人民的菜園裡，夸父施加咒語
玉蜀黍眼睜睜胖了起來

頑皮的新生，一吃下魔糖
牙齒便調配出最有教養的國語

夸父把舊檜木、鋤頭柄嫁接手裡吹吹氣
就雕琢出一把亮麗的小提琴

弓弦一拉，夜晚的營火熊熊
觀眾看著大字報，識字朗朗唱

馬戲團的匣門又要關了……

這是極其沉痛的諷喻之作，負責製正犯思想改造的「新生訓導處」，在吳懷晨筆下儼然魔術師可以為所欲為，讓所有「新生」俯首聽命，也儼然馴獸師可以讓「獸群」乖乖登台表演；魔糖可以調製「最有教養的國語」、夸父可以把舊檜木吹成小提琴……，這些諷喻之語都揶揄了戒嚴年代綠島關押政治犯的威權統治的神話性。

相對映的，則是(b)節的「新生」在島上勞動的心境，吳懷晨以詠嘆調的形式和語言，以不斷重蹈的「穿過」疊詞及其疊句，營造「在沒有牆外的高牆內」的「新生」們「哀而不傷」的樂章，最後的尾聲何其動人，又何其傷懷刺心：

穿過離婚證書，也穿過
死亡證書

穿過林投葉，穿過木麻黃
歲月追擊歲月的影
命運在命運中日漸傷淡
滿山淨白野百合，新生
搖曳，是一座座悲傷
溫柔但信心的塔，我們
穿過林投葉。

最叫人神傷的，則是以二十九歲就遭槍決的女性政治犯丁窈窕為本事鋪排的第十帖。丁窈窕（一九二七—一九五六）因被密告涉入「臺南市委會郵電支部案」進入綠島監獄。被判刑時身懷六甲，入獄不久臨盆，生下女兒，也一併在牢；某日被通知有「特別接見」，抱起女兒走向大廳，即遭獄卒將她雙手反綁並上手銬，帶往刑場槍決，留下被獄卒強力拉開的幼女「我媽媽不是壞人，你們不要槍斃她」的哭聲。吳懷晨此詩這樣寫：

從濃黑毛髮的下體
她曳出一冊殘舊的紙
紅字體濕漉漉，一字
一字，從紙張上滑落
滴答，黃土大地上
一波波紅色漣漪擴散……

「梅花綻　鳥兒啼
春到　春天到
熬寒冬　更鮮麗
久沉默　更響亮
我希望妳

像熬寒的梅花　芬芳馥郁
像堅忍的小鳥　明亮聰慧」

她唱著，她本有著最瑰麗的高音
卻如一隻鳥，被擊碎
一名失語症者的呢喃
橫豎是徒然：

「一無所有，牢房裡
心要裸，身要裸
經血，我唯一自製的墨
……一抄再抄你的歌」

以經血隱喻女性政治犯的生命史，寫她青春、母愛、戀情的敗亡及已經一無所有的哀傷，沉痛之至。「卻如一隻鳥，被擊碎」寫丁窈窕遭槍決的那一刻，更是教人瞠目。根據記者陳銘城的一篇報導，多年前他在美國德州休士頓台灣同鄉會演講白色恐怖歷史，會後丁窈窕的二姐告知，當年是她領回三妹槍決後的屍體；事後她曾問觀落陰，想問妹妹有沒有要交代的事，只聽說：「她像隻鳥，被槍打得粉碎。」我不悉吳懷晨此句是否典出於此？

同樣寫綠島，第III章第五節直接引用曾關押綠島的政治犯、詩人曹開（一九二九—一九九七）的詩〈開釋〉：「當他們得到了開釋／便轉入一家瘋人院／幾個相識的伙伴／都是堅守節操的思想犯／據法醫診斷／老張患了精神分裂症／老李染了狂熱病／老江是夢遊者／當他們得到了釋放／隨即被押入精神病院」。曹開此詩直白而具有沉重的對威權統治的嘲諷性，吳懷晨以之為文本，演繹出其後第五十六至五十九帖的詩作，寫綠島政治犯因為遭到不人道審訊、刑求與折磨之後，即使開釋也無法重回人生的悲劇，在這幾帖詩作中，他以魔幻語境呈現這些遭受精神磨難的受害者的內在世界：「重回火燒島，終於／見到黑日冕緩緩落入藍色的無垠液體」，「我走入水中緊緊擁抱日虛幻的影／為前塵，我不禁淚滿襟」：

監禁枯井，餓食缺水的時日
就算禁不住哭泣
也會把一顆顆湧出的無影淚珠，瞬即
珍貴地啜飲入喉

這是何等憂傷、何等悲哀的煉獄書寫。

三、

寫綠島政治受害者的憂傷之外，吳懷晨也寫當代資本主義中無助的工人階級的困境。

在〈渴飲光流〉這首長篇組詩中，他援用陳映真小說篇名「夜行貨車」入詩。陳映真的小說〈夜行貨車〉，發表於一九七八年，對台灣逐步走向依附美國資本主義的經濟發展提出批判，小說以跨國公司為場景，以公司職員劉小玲的三角戀情為軸線，鋪展出一段故事，結局是「夜行貨車」開向南方的故鄉，寄寓陳映真對資本主義的唾棄。

在詩中，「夜行貨車」出於第II章第二十一帖，寫夸父照顧果園，夜裡裝箱，送上夜行貨車；第二十五帖則寫夜行貨車從南方運至北部的7-11，而止於第二十六帖末句「繁星啊／我見你皎皎星芒／點點燦爛是我／昔日枕著的理想主義」，隱喻資本主義的強大力量已使工人的理想漸趨稀微。在詩中，7-11是常見的場景，吳懷晨寫貨物運送員「薛西弗斯」、店內服務員「夏娃」的動作與身影，大概也有類似陳映真那樣暗諷資本帝國不可擋的心情吧？

而工人的悲傷，在這首組詩中則以中國青年詩人許立志作為模型。許立志（一九九〇—二〇一四）是富士康生產線工人，他在二〇一一年到深圳富士康打工，在長時間流水線工作的折磨下，從高樓躍下，就像他的詩所寫「一顆螺絲掉在地上」那樣結束了二十四歲年輕的生命，死後留下近二百首詩篇，被編成遺著詩集《新的一天》。吳懷晨在第Ⅲ章中花了不少篇幅演繹許立志（以及與他一樣的被傷害的無助工人們）的飄零與憂傷，第二十七帖寫的是已死明心的絕志：

顫巍巍的雙手 我遞出
和世界互握

黑洞龐然之憂傷 將我吸入那一剎
世界與我 飛旋了起來
「時間本是沒有深度的漩渦，務要
保持瞳仁的平靜。」我對我
自己說……

對照許立志的詩〈一顆螺絲掉在地上〉：「一顆螺絲掉在地上／在這個加班的夜晚／垂直降落，輕輕一響／不會引起任何人的注意／就像在此之前／某個相同的夜晚／有個人掉在地上」，都讓人有天地不仁的傷痛。這樣的傷痛在此章第二節多帖詩作中，更進一步探討受傷者「墜落」的生命意義，第四十三帖這樣寫：

夜裡，一具人影怵然掉落地
從萬商大樓雲端

從校園圖書館頂樓
筆直降落
每個夜班的日子
都有螺絲
不經心，紛紛墜落地
那聲響溶入地影
大樓的身長就更濃稠了
往黑暗墜落——一貫是萬物生成的命運

在詩中，受到資本主義殘踏的工人許立志之外，也可看到一九八一年在台大校園離奇死亡的陳文成博士的墜樓身影。他們的「墜落」，無論是否出於自由意志，背後都蒙著資本與國家機器的黑布。「往黑暗墜落」作為一種命運，這是多麼莫可奈何卻又教人怵目驚心的結局。

四、

在武漢肺炎疫情不斷升高的寒冷天氣中，讀吳懷晨這本詩集《渴飲光流》，更有末世之感。這是一本為政治受難者、為資本主義社會勞動階級發聲的詩集，那些在巨大邪靈逼視、掌控下，無辜的、反抗的、不從的乃至不幸的被害者的憂傷的心靈，都在這本意象豐饒、語言繁複，但主調清晰的詩集中呈現。我讀這詩集，深被貫穿於他的詩作中的人道精神與人權意識感動。

從美學角度看，吳懷晨這本詩集在語言的驅策、結構的處理以及哲理的寓意上也有諸多可觀之處。在這本詩集中，他鍛接魔幻、象徵與寫實語言於一爐，營造了多音交響的語境，展現了史詩的格局；從第I章到第III章的三個章節宛然三個樂章，也猶如戲劇的三幕，幕下有景，場次分明，互為詮解，將來若有可能，這首組詩編為詩劇或歌劇都有可為；此外，他特意融入東西方的神話人物，作為詩中角色，也使本詩諷喻的白色恐怖統治和資本主義帝國有以寄托。而有待讀者更加深沉思考的，則是語言之下吳懷晨所欲呈現的眾生之苦與萬有存在的命題。

推薦語——林婉瑜（詩人）

這些詩讓我聯想到「感應」這個詞，對自然、對山海、對天空土地、對人的本真……的召喚和感應。吳在塵世裡有一份穩定的教學工作，不過，有一部分的他沒有被塵世收編，那部分的他，也許更接近真實的他，逢放假日，他有時漫行縱走山林，或者更常到東部衝浪，總覺得山海更像他的故鄉、他的來處。在這個壁壘分明、事物一旦發生很快就會被安上名字安上意義的世界裡，吳像一個不那麼急切的觀察者，他用屬於他的密語和圖騰，把「世界」和「明確意義」兩者連結的那條線拉開，拉出了另一個平面。長久沉浸於哲學領域的學者，看望景物的角度和所看見的細節如此與眾不同，語字的節奏、氣質脾性，有巫言的神祕感。輯一「渴飲光流」眼光觸及社會、自然、動物、人、資本主義、神話、史事……。其中這句詩：「在最卑賤的世界裡／也無一意志虛無」表現了詩人的核心信念，他的視角有遠景有微觀，平等的對待巨大命題和微纖細節，用躍動的生命能量去和被描述的他者共感共振。

城市裡的「浪人」：衝浪之人、浪遊者。不被收編，自在遊歷、踏查，他把他所感受到的自然、宇宙、史事、魂靈，轉譯為書，轉譯為詩。

推薦語——姚時晴（詩人）

如果《返校》是以Unity啟動遊戲引擎，開發一部向台灣白色恐怖時期受難者致敬的２Ｄ冒險解謎遊戲。那麼吳懷晨在《渴飲光流》一書中，則試圖以六十四首詩的文字Ａｐｐ，精心製作了一場穿越時空與域界的現代史詩傳奇。

這六十四首詩，不僅是各自獨立的精彩獨幕劇，也是前後串連的多維度歷史劇碼。讓薛西弗斯、夏娃、夸父等不同人物，在時間光流的閃熠波動中，同步置換殊異的角色，藉由這些角色，讀者得以多重窺視過去歷史暗影下的悲苦不義，和現代資本權威宰制下，勞動階級現實生存的卑微與無奈。

然而這本詩集之所以深刻動人之處，更在於詩人的詩語言遠遠凌駕他所企圖審視回探的，這些史籍偏旁的禁忌與哀傷。吳懷晨以他個人獨有的語彙質地和敘述聲腔，成功演繹其文字的奇美詩意與智性哲思。

這是一本關於夢與神話、書寫的真實與虛構、歷史的訛誤與校正、語言的追緝與逼仄、傷痕的縫合與揭露、時間的吸納與折射、生命的侘寂與鎏光，既宏觀又能以芥子納須彌的「不可思議」之書。

推薦語——〈有慾最美〉／唐捐（詩人、台灣大學中文系教授）

吳懷晨的新詩集，長篇與短製兼備，思維與感發俱到，具有難得一見的企圖心。詩人的思辯能力，使其筆端觸及深廣，很值得玩味。惟詩與哲學相抗衡，本是由來已久的命題，蓋兩者在目標與方法上頗有未盡相通之處。懷晨煞費苦心，乃開展出一種獨特風格，以詩為焦點意識，而以哲學為支援意識，交織為情味盎然的篇章。

「輯一：渴飲光流」，在一題之下安置了六十四小節，進行了大規模的精神探索。詩組與長詩，在美學上不盡相同，前者可使用並列結構，後者則講究發展與變化。故洛夫的《石室之死亡》是詩組，《漂木》才算是長詩。無論如何，大型詩篇在訊息承載量上應更繁複，構成龐大的有機結構，故須安排較強的動力，使詩行能夠跑得夠遠夠久。

懷晨這篇長詩涉及異化主題，型態上近於「荒原」或「深淵」。

其中包含了哲學探索、社會反抗、自我追尋、審美生活等課題。詩裡的情節，並不十分昭著。以首章為例，雖充滿了動作，但用意似在引向神話（例如薛西弗斯與普羅米修斯）與哲學（例如洞穴隱喻）的典故，因而狀態描述的意味較大，說故事的意味則較淡些。惟其思維緜密而犀利，故能滋生出豐美的詩意細節。

第二章有更多現代都市生活的形象，詩人藉由一個戲劇化的自我，陳述日常悲歡。其間用語雅俗雜糅，筆法伸縮自如，讀來更為痛快。第三章篇幅最大，自我與世界的互動愈密集，意象亦有如萬花桶般繽紛炫麗。詩人扣問著，如何逃離荒原化的城市，投向大地母親的懷抱。荒謬，孤寂，禁錮，作夢。這裡巧妙地攫取了現代主義詩學裡長久關注的課題，而又出之以純熟的語碼與技術。

「輯二：浪人獨步」裡的十首詩，部分延伸了《浪人吟》的主題，對於海洋意象群的運用，最稱嫵媚而老練，常有創造性的想像開展與句法試驗。〈偈〉、〈蜉蝣歌〉語言清澈，且展示了深刻而明快的生命意識。兩首〈在水一方〉自成對比，情意蕩漾，同時富於巧思。吳懷晨的水系書寫，極富於風姿，足以超邁前人。尤有進者，波浪不僅是主題，更已發展為一種思維與風格。

善用濤浪摩天的狂亂語言，或許正是魅力的重要來源。〈水〉、〈使徒之書〉皆涉及愛慾誦讚，運用了情迷意亂的巫語。〈蕉〉猛於語言試驗，富於野性，兼具反諷之力。〈拉衝浪〉模擬阿美族的思維，具民族學視域，語言與意象俱到位。〈海子〉著題即具有多重涵義，如獸如孩，任情自在；〈浪人獨步〉翻波覆浪，如履平地，在水的原型裡見證飽滿的生命力。

懷晨既能寫變化多端的短詩，又能經營繁複艱深的長詩，可見其詩才之健。話說回來，形製之長短還是餘事（雖然文體必將牽動表現方法與內容），感思之深淺才是關捩。光流之緜長，濤浪之迅捷，皆詩人因「渴」而發動且求索，有慾最美，其力必多，這樣的詩集最可觀也最可親。

輯一 —— 渴飲光流

目録

浪人獨步

輯二

輯一：渴飲光流†

† 敘事長詩，分 64 小帖

「世人多像童話故事裡的人物，巫師應允希望，讓他見到自己的新娘，他的心被魔幻的栩栩之光點亮，手指撫觸著書頁，淚水在眼窩打轉，或手捧鮮花，距她僅咫尺之遙，結果，她卻發現自己身處在無比迢遠的它方。」

——馬賽爾．普魯斯特（Marcel Proust）

I

†按：〈渴飲光流〉這首敘事長詩，分六十四小帖。我擅（引）改（寫）了丁窈窕、江炳興、許立志、陳映真、曹開、魯迅、蔡鐵城等先行者的文字。未免干擾閱讀，僅曹開〈開釋〉一詩處附註。此詩以幾位受難者於獄中／獄外的遭逢來貫串，襯托著一段愛情故事。筆者試著在更大的尺度中去理解人世的不義。拳拳懷向，致敬繩繩。

⊙●

探深深水井，峭壁
迴盪著慾的懸崖意識
禁閉，失言語
臆想孤鬼火的囚籠
對著一窩水蛙
我傾吐著起訴書上
無以閱讀的潦草字跡
不義的控訴宣言
「呱呱呱呱呱……」
本該帶入墳地的秘密
「…咯咯……咯咯咯」

笑了，溫柔的癲笑
「咯咯咯⋯咯咯⋯⋯」
密室，竊竊最甘甜的私語

1.

⊙●

是，我冥頑如一顆貓眼
是，我固執把太陽的生命收納
是，我把自己蹲成一個句點
在惡意真理的晚年，我把自己澆鑄成
一具密不透風眉忿眼嗔的花崗尊者。

在善意謊言的早年，我本不帶著一雙看盡世事的眼。

如何不渴望光流甘霖
如何不希冀和平鴿繚繞於耳的婉囀
塵土子民，如何不願意每日清晨一見日陽

就用最燦爛的音色唱
：愛慕此世。

記憶的三叉路——
薛西弗斯：過去從未過去
夏娃：未來從未到來
夸父：嘴永恆遺棄了話語
時間從未饒過我們的心。

2.

⊙●

馬戲團的鬧門又要開了……

馴獸師揮鞭斥責
獸群便躡起腳尖，排排乖乖登台演

採石場上，日光布幕一拉
薛西弗斯就變出一間堅固的屋子

人民的菜園裡，夸父施加咒語
玉蜀黍眼睜睜胖了起來

頑皮的新生，一吃下魔糖
牙齒便調配出最有教養的國語

夸父把舊檜木、鋤頭柄嫁接手裡吹吹氣
就雕琢出一把亮麗的小提琴

弓弦一拉，夜晚的營火熊熊
觀眾看著大字報，識字朗朗唱

馬戲團的鬧門又要關了……

3a.

⊙●

穿過林投葉
我們穿過林投葉
往嶙峋的海岸線
往炙熱的採石場
沒有牆外的高牆內，我們努力建設屋宇。
一群穿著卡其衣服的新生
穿過林投葉
我們穿過五節芒
往鹽分銷蝕的草叢
往藍天放封的園子
沒有牆外的高牆內，我們努力耕種作物。

穿過五節芒
穿過西北風
我們變成小雨點
一點一點絳染梅花鹿
滿山淨白野百合
是一座座小小的信心的燈塔
領航我們囚禁的心。
穿過無根藤
我們穿過無根藤
養豬，掘地瓜，落花生
囚禁者也是真正的勞動者
沒有牆外的高牆內，我們努力教養新生。
島上調皮的頑童，船上憨直的漁民
穿過他們眼珠的視野

穿過他們風霜的腥味
調配他們講述國語的牙
讓餐桌上的糖都甜膩他們教養的嘴
我們是穿著卡其服的新生
也是理念最虔敬的師資。
穿過靈魂的瀉槽
穿過遭瀆的信仰
夸父，連神祇都認不出他美麗的才華
舊檜木、鋤頭柄嫁接手裡吹吹氣
就雕琢出一把𢘿麗的提琴
我弓弦一拉，夜晚的營火熊熊
民眾看著大字報，識字朗朗唱
淳厚的和聲，回饋的愛。
薛西弗斯，連天使都認不出他美麗的才華

一整套煥綺的星圖在他手中幻化
群星奔騰如舞
沒有域外的獄內，宇宙賦格明亮
心在沒有牆外的高牆內
樂章哀而不傷
鄉土是星雲的主旋律
質盎的恆星繞藍色的行板。
穿過離婚證書，也穿過
死亡證書
穿過林投葉，穿過木麻黃
歲月追擊著歲月的影
命運在命運中日漸傷淡
滿山淨白野百合，新生
搖曳，是一座座悲傷

溫柔但信心的塔，我們
穿過林投葉。

霧丘之麓的三岔道上
祂們笑苦澀
一千位苦天使在我的睫毛上齊身搖曳
（祂們頭戴白圈有岔扭的蛇信）
湊向聲音的孔洞
秘密：「這裡。是時間的路口，」
右徑是從不過去的從前
左衢是永不到來的將來
命運的看門使……
祂們扭曲的笑靨，盈盈俯下
「遺忘的，又何能修改？

你有編撰自己情節的自由呵？」
一千雙羽翼振翅，天雪暝暝
激起輕風是襲向歷史的風暴

4.

當憤怒如天火降下
蔓燒如起義的號角響徹
當烏雲速速拉起校召的佈告
我們在闇夜河水面上奔走
我們在風聲暗語中奔走
我們在木樁告示上奔走
豎立起自由的廣播電台
向四方向天際向全宇宙宣傳
呼告，血豔的語言
三萬六千根毛髮聳立，起來
月映檳榔樹踢義行軍的步

赤貧者一無所有，我的血
鮮血是我珍藏已久 唯一所有
哲理、福音、教條
都只是放鬼債的資本
人民的魂靈糾結為深度的漩渦
瞳仁如冰爆裂
起來，現在，鬥爭！
人民體內上億原子正激烈圓轉著
在最卑賤的世界裡
也無一意志虛無

5.

火光就這樣
流瀉
火光如漾
冰涼夜液
火光就這樣流瀉過去
潤澤了傻氣人的面龐
我緊緊拏著盜來的火把
熠熠明火
明亮了洞穴
照亮窸窸窣窣的影子在洞穴壁上心駭搖晃
真理

讓人驚恐。

火光是這般柔軟，流瀉
請讀我，努力讀我良苦的舌
我的唇齒有發自肺腑的話。

拏著火把
步出了洞穴
大白畫的光刺我
日陽至善，火焰燎灼了我的眼
一路焚燒過去
——絕對的光明是絕對的黑暗。

6.

大地上到處是被欺騙的子民
高等人咬文嚼著髒字
交易買辦的胡狼
愚弄的標語，殖民主挖空的腦
民族主義的廢墟上
一再重複著死人骨頭的盛宴
火焰思索，將鐵蒺藜都燃燒
天空吊著直升機
步槍輕嘯
把額頭猛向國族的旗杆撞去
就只能用鮮血來題字

滾燙的熱血為你流
赤貧者一無所有
獻給你，獻上給親愛敵人
鮮血是我唯一所有
沿著河岸走，太陽光忽閃忽暗
我張大嘴渴飲著燦爛的光流
掙脱奴役枷鎖
去投入戰鬥！
　　歌謠啊！
　　去投入戰鬥！
絕對的黑暗是絕對的光明
我們——是屬於島嶼的名

7.

⊙
●

禁閉室，空無一物
肉身倚靠著四堵峭壁
當年抄過的禁書
重又在意識編碼
強迫症再抄念一萬遍
「呱呱呱⋯呱呱⋯⋯」
親愛的水蛙，小心
也被我牽連為良心犯
「⋯⋯咯咯⋯咯胳咯」
蛙笑得東倒西歪
禁忌早被放逐

蛙：如今隨處可得的字句
世人早隨處扔棄……。

一張貓臉，漠漠然
覆蓋了水井上空……。

她站進我的陰影裡
「妳可以……」
我試圖撥開她影之斗篷
「……開口嗎？」
風聲流瀉在苦楝行道樹葉隙
她耳影卻只是一逕流向我
蠕動在墨綠瀝青上向我
月映的傷左右搖擺
莉莉絲的餘蔭裡我站入
虛體不懂我的渴求
虛空中，人類殘存的擁抱

9.

⊙●

從濃黑毛髮的下體
她曳出一冊殘舊的紙
紅字體濕漉漉，一字
一字，從紙張上滑落
滴答，黃土大地上
一波波紅色漣漪擴散……

「梅花綻　鳥兒啼
春到　春天到
熬寒冬　更鮮麗
久沉默　更響亮

我希望妳
像熬寒的梅花　芬芳馥郁
像堅忍的小鳥　明亮聰慧」

她唱著，她本有著最瑰麗的高音
卻如一隻鳥，被擊碎
一名失語症者的呢喃
橫豎是徒然：

「一無所有，牢房裡
心要裸，身要裸
經血，我唯一自製的墨
……一抄再抄你的歌」

10.

⊙
●

緊緊地，我摟住她的影
本質憂鬱的人
只有緊緊擁抱
才乍憶，自己身上還有心
驀然，一顆透明水晶
自眼角溢出
又一顆
垂掛我半喜半憂的眸邊
淚是最可愛的露珠
吹舞翺翔
一滴一滴降落在影子身上

消融乾焦的體膚

11.

⊙
●

站在雨淚之丘的三岔道上
我，掛著半喜半憂的眸
苦天使卻湊向聲音的孔洞
：「這裡。是記憶的編碼室，
這樣好嗎？苦痛的事實就是好嗎？」
我展露款款的笑靨，盈盈
為一千雙羽翼覆上裹尸布
「歷史上的盜火者，我
怎麼可能是無辜的呀……」

柔軟的草莖已覆蓋一切了
　一如他生前所料
這世界仍生猛地揮拳著
（誰或誰也無所謂遞補）

讓酢醬草去喊它的萬歲†
一條河終是感傷主義的信徒
　總這樣老這樣
（早於一切命名前）流

13.

†「讓他們喊他們的酢醬草萬歲」乃瘂弦著名詩句。原本我改寫的詩句是：「讓空心菜去喊它的萬歲」，因白色恐怖時殉難的郭琇琮醫師曾言：「把我的屍身燒了，也許可以對人們種空心菜有些幫助呢。」思索再三，未免困擾，仍依瘂弦「酢醬草」一詞。

於是我開口，呼喚著事物
一一呼喚著事物的名
（在我的語言，我現下寫下的文字裡）
萬物各自榮光在各自的名
海洋洶湧沉穩
座頭鯨猛力拍擊著浪花
信天翁堅毅地飛越了三個時區
降落園子，回到日不落的永晝
來了，成群結隊的母親都來了
圍坐在永恆的水邊
來了，冉冉和解的歌隊來了

凝視在永恆的水邊
時間的碎屑，被我撿拾為這些字詞
為我心中濃稠的黑暗剪影
（欺罔的語言，固態的文字僵化液態的夢）
一株白楊默默
角梟的眼一直都掛著死亡
我是那唯一開口說話的
時間在我裡面。

II

⊙
●

日日晨起
以恆溫熱水濾過樹豆

持續將黑色汁液灌入體內
人心本就不甜
讓靈魂培度
苦澀，舌尖保持
酸度的風味⋯

站在公車票閘前，臉孔不斷從我身邊魚群而去，炎熱空氣蒸騰
昨夜的夢魘味
好不容易找到糧票
馬戲團的閘門又要開了
已學會乖乖走入

16.

⊙
●

一切都是漂亮的實有
朱槿俏麗地笑
光雨潤澤萬物
奔湧百里的淡水河高亢成發情男高音
一切實有都漂亮的
太過虛無，
黑色的太陽愈發熱情了
我在大地之上行走了數十年
有時它隱匿
高倍望遠鏡在雲朵之後窺伺
它觸鬚總能撫摸到每一角　怕虛無著涼

我黝黑的皮膚是烙印的約
祂為我髹漆的罪。

17.

⊙●

影子
一圈又一圈的影子
我影與他影交溶
窸窸窣窣
它們的來歷相同
黑液，秘語的介質
又一影湊近
溶入更深邃的談論
有些影子彼此相吸
有些影子彼此相讎
疊疊簇簇

幢幢

真正被灼的傷魂
已成焦黑的嘴
失去啟齒的自由

18.

⊙●

獨自在家的冬夜
那盞垂掛燈的光，搖來晃去
光影與意識的昏黃疊合
一整晚拷打我身
我感受到它
渴望停格的擁抱
桌上的陀螺仍兀自旋轉著
一旁，貓貓挑銜著字
（你此刻廝磨這一頁）
播種出一行行詩句阡陌

為什麼夜是黑的？
光明接續著黑暗
為什麼恨是不光明的？
愛在天明迎接時
而葉總承攬著露水
曙光中摩娑著花蕊
斑馬的心
拙於言語的鹵
遠方，海洋搖櫓放浪著
搖啊搖，輕歌晃蕩
星球……

20.

⊙●

每天晚上
薛西弗斯都歷經同一場公路電影
主場景：中山高
主配角：大小車輛數萬
敘事線總單調重複——
為生計不斷南北奔波
八點檔芭樂梗：
夫老妻幼，離異三年
小孩學習成長期錯過
成天廝混，青春愈走偏
基隆—高雄，抗壓性—

好EQ，併排——
白眼，日曬雨淋——
意外險——偶發事故
馬路三寶，高雄——基隆
每天晚上，運送上千裝箱
由北到南，由南到北
薛西弗斯不知上千貨箱的來由與去途
他每晚甘願重又囚禁
關進四輪的移動盒子裡
他只是放空的時空運送員
他真不明白十大建設後
夜晚多出數萬名的配角人
時流奄然，穿梭究竟要去哪？
中山高上空一輪月娘

從不休工，總跟他一起告別
天亮散場前的最後幾幕：
第四台電線到處亂牽
台灣機車這麼多
無奈能Ａ一下？

⊙
●

下工返家的博愛雨路上
總有幾雙瑟縮的眼
跛腳跳過巡邏的街
幾天沒聞過熱騰騰的食物了
悉達多在回收的牀褥上
以靈敏的直覺背對我
我是臨時的郵箱投遞工
最末一張廣告單投入172號
為資本的夢想送件
（我寧可彷徨于無地）
貓貓，這世界

總有些目光適合交會
有些眼神必須避免

⊙●

清晨四點不到
猶暗冥，夸父就啟程巡察眾金孫
鮮豔紅果粉的愛文
一顆顆心肝寶貝
高掛樹枝頭
幾公頃的園子
夸父走了千萬遍的樂土
早晨八點不到
濃濃「洗藥啊」味
已瀰漫空氣中
芒花到韌果，成果至熟化

噴了八次亞滅寧
深懼金孫傷寒又感冒
不顧自己曬得草地黑
怕寒流、懼霪雨、防霜害
修枝套袋，呵護有加
日補夜補：氮肥、有機氯、氟樂靈
鬆土的蚯蚓也補
傳播花粉的蜜蜂也補
夸父自己的腎肺肝腦也補
補到土地酸溜溜
補出一顆顆黃熟香濃的甜珠頭
往昔他可是火燒島上
尚出名的農產魔術師！
夜裡裝箱

夜行貨車後
金孫的今身去途會是？
夸父自己的眾親友
也很久不願打車票
返來看他
最關心的總是
週週到訪的管區

23.

⊙
●

寂寞時
我潛入失眠者翻來覆去的耳窩
調撥他緊繃呆滯的腦神經
或者在六張犁山腳，立時間銳利的崖下
以希望小提琴
慢慢拉奏出紅橙黃綠藍靛紫的天明音色
勿要喪志呀，彩虹從未從天空滅絕
還有同失眠的我與伴舞的貓天使
溫柔共良夜⋯
踩著影子後退

我原是不願抬頭

24.

⊙●

寂寥懊悶的夜
夜行貨車從南方
運來即時入庫的生鮮
夏娃有時擺架，低下腰去
佝僂如數字7
有時雙腳挺立成整夜的數字11
雨中的便利超市
讓夜雨人都賓至如歸
她應聲蟲一般重複招呼語
每樣商品都精神抖擻
她有時會不自禁地答數

ＡＩ，也淘汰不了一介老嫗了
乾淨敞亮空間裡，光雨濕溽她的影子
無垠的時間之流裡
此等勞苦永劫
不知回歸幾千幾萬億回了
每一物都被標籤黏貼著
她早習慣身有標籤的凝視
但字與字的組合
卻活像外星人囈語
★新鮮芒果汁成
鹿角菜膠／芒果香料
己二烯酸鉀／玉米糖膠
食用黃色五號／砂糖
磷酸二氫鉀／二氧化鈦

只味 Best 純享受★

如果在世恆是永夜
那人心也就毋需影子的遮覆了
忽地進來一名女客
淋濕了的海倫上前，點了杯
超商咖啡：拿鐵少冰半糖
驀然自問卻笑自答
「夜裡吃糖不會胖呵……」

夜裡，所有眠床上創傷的夢
輕輕滑著居家水管、小渠、大濁水河奔流入海
一顆顆泡泡般
汪洋裡嬉戲衝浪。
群鯨，聚集潛躍
大口饕餮著糖果的夢球
愈食愈脹
鯨身碩大的胴體是宇宙最廣袤的夢集合
越食越飽滿，直到
強力水柱把 libido 都噴上天幕
高掛成一顆顆

繁星，蕩漾銀河。

繁星啊
我見你皎皎星芒
點點燦爛是我
昔日枕著的理想主義。

III

一、

⊙●

顫巍巍的雙手　我遞出
和世界互握
黑洞龐然之憂傷　將我吸入那一剎
世界與我　飛旋了起來
「時間本是沒有深度的漩渦，務要
保持瞳仁的平靜。」我對我
自己說……

早晨，貓兒在這一行詩句上
緩慢踱步
空白的足印，韻腳與哲理
貓眼對文字
不輕不慢
鎏光黑曜岩
身處百萬光年外
漠然才是道成肉身的
神

28.

⊙●

宇宙是一袋汪洋
埃及貓嘴裡叼著向前走
袋中水珠溢漏
晶瑩的珍珠流瀉
星體，絢爛地往黑暗下方墜，無盡
流瀉。圓轉的原子光子旋繞百億年
往下墜
往下……
流瀉成一道魔幻的時光曲線，華麗璀璨
巨大的臂旋以彪然尺度橫渡星際

我的右眼回望過去
我的左眼投向未來
——貓貓說
我雙眼同看著永恆
我的雙腳不走向何方
我嘴中星體無止盡往黑暗下方墜
墜……
往黑暗墜落——一貫是
萬物生成的命運

29.

◎●

上床前，我將一身老朽的影脫下
「你只是我日裡的保護色……」
阻止它跟我進入黑洞

那是只有心才能去的地方

第二天我從夢的洞口鑽出來
早晨的床上靈魂似笑非笑
相對論的時差
不知我在彼境遭遇怎樣命運的款待？
我又穿上影子罪性倍十載

公車上
我影與他影交疊，兩者深談緊密
它們的來歷相同
而黑太陽在車外緊緊盯著

30.

⊙
●

世人在上城區中央
建一座大廈勃起入雲霄
萬商的信徒聚集在此
影子們亢奮
分秒分秒
用數字交換密碼
用咒語攝取血汗

我湮滅雲散的前塵
早已被時間一拳K.O.
怎麼也難以資本化……

週末日，百萬人百萬隻眼百萬雙腿
前進！千名天使也跟著走上街頭
湧向凱道，邁向昔日官署的總督府
善變的瞳明耀著雲豹火光
指端蛻變為利剪
人民的腿馳騁如台灣水鹿，勇敢
起來，呼告，下台！
領頭大哥登高疾呼，振臂的怒火
步槍的準心正瞄準美麗島嶼的心。
這是一條轉型後的大道
民主時代每樣色彩都可以盡情揮灑

「○○主義萬歲！咯咯」
水蛙同我也混入其中
高喊：「××不倒，呱呱呱
美麗島不會好，○○一定強！」
平民百姓都傾耳，聽
我同水蛙笑得亂開懷。
人潮褪去後，深宵的自由廣場
難以遣懷的苦天使仍不忍離去
還聚集取暖
請來看街上的血吧
悉達多以靈敏的直覺背對我
來看
街上的血！
貓貓，鐵蒺藜上的血痕

都早已沖洗的一乾二淨。

⊙●

周休日

我刻意不帶詞語
孤身往島嶼邊陲
往無何有之海崖岬角
在世之中　讓心自由
靉靆　鳧雁　螟蜮
但見每物
每一塊土地都已被主權探索
編碼：歲月的碎片
每一樣物種都鑲嵌著辭彙
足跡覆蓋足跡

話語淹沒話語
我所鍾愛的母土島嶼
大風起兮
吹空洞的自由

33.

⊙
●

語言是觀念的流沙
乍生乍滅
語言立在死亡的麾下，它
不在這兒
不在那兒
一無所是，一無是處
我便學習靜默
時間仍在我裡面

⊙
●

在杜撰的夜
幫貓貓烘乾三萬六千根絨毛
牠就擁有一顆蓬鬆的心

徐徐傷感
施咒般的歌聲涔涔從一株苦楝樹上
插翼的族類登台啼唱

樹梢，掛滿星兒
每一蕊星眼
簌簌淚流

三萬六千根光羽飄飛
貓頭鷹緊握我雙掌
引力龐然之憂傷將我吸入那一刻……

從前
眼望著眼，蜜語融入蜜語。
從前
額倚著額，兩人就孵同頻的心跳。
從前
十七歲的我和十六歲的莉莉絲談了一萬年的戀愛。
從前
島嶼滿是獸群的生靈，低鳴的慾念佈滿方圓大地。
從前
福靈心至的清晨，一千名天使會站在戀人將醒的睫毛上，鞘翅
於微光中拍動著地球的心跳。

從前

太陽月亮在天空時刻溫存，嬉戲出溫潤的白晝之光。萬世不朽，

日光下勞動和諧，人間的永恆青春。

從前

男子與女子相愛，就相互熱情成一個圓。他撫觸她頭顱每一角，

撫觸出深沉的無憂無慮。圓之中滿是天真的動物性。

從前

愛的史前。

鴿子在沉思
樹蔭下，天使正午寐
雲朵繾綣著象徵主義的佈告
世界之樹繁茂
夸父舔著冰淇淋
泅泳在永恆的夏日之海

天起涼風，三兩子民繞噴水池走著
（無影走著）
我問貓頭鷹：
——這裡是過去那神話的園子？

笑靨甜得太和平了
但人心透明可見

驕陽明月夫唱婦隨
橄欖枝甜蜜風中盪
起初的語言乾淨
詞彙剛剛降世
太陽公公溫柔地為各樣事物取名
被祂喚到的，就彼此相愛

日陽懷裡人人親如手足
風在虛空中自在廣播，我們真幸福
智慧的果實輕靈垂掛，但
那蛇兒纏樹

肌膚大片蛻變又新生的綠
永夜，隱匿在牠喉嚨深處……

那時，我們走上合歡的高崗
傲立在天光風中
見風兒在妳身上彈奏
跳躍的曲譜鎏金，嚕拉拉
妳是薪傳火焰最看重的女高音
盯著妳貝殼的唇我拉弦
我是自寫自彈的吟詩人
夸父，拍打著吉他敲擊著樂光
薛西弗斯跟夏娃也加入妳氣旋的舞圈
妳香顒朗笑
曼妙的歌聲裊繞洛可可的雲

植物的顏色蠢蠢欲動
妳舞妳歌，自由中國度裡最美好原初的人聲
我所生長的那小小多山的國家
當人們都還滿足著樸素的生活時
奉獻的小紅橘花綻放
嚕拉拉，來了，野獸都來聆聽了
山羊和梅花鹿舒適地臥在曲冰邊緣
同享溫暖的日陽
當人們都還習慣著靦腆的笑容時

38.

⊙
●

天將亮，貓頭鷹從自己身上
祂銜走兩個字
就恢復為貓
翻身把小肚肚面向世界
撒嬌後
安靜躺書頁裡
呼嚕嚕

二、

◎

午休時，我老邁的身倚著萬商大樓下一株苦楝樹用餐，一本詩冊陪伴我。

黑太陽下，摸著一頁紙觸；經由瞳仁的折射，那幾行字竟逼出了我眼眶一行淚。有我所不樂意的在你們將來的黃金世界裡，我不願去——我曾心默一萬遍，咯咯。

突然，我感知苦楝樹一陣震動。樹葉也簌簌傷心落。我原是知道，這一頁頁薄薄的膚觸，都是它的弟兄們啊。

所有影子仰望
巨大看版數字如雨下
所有人沐浴在0—9不斷翻轉的恩典中
喜悅與緊張交替
雨絲紛紛落
彷彿罪愆洗滌
影子們的笑靨愈濃得化不開了

41.

⊙●

從仁愛路轉中山南
走愛國西進博愛路
老朽是臨時的廣告投遞工
不卑微，也不氣餒
心平氣和用自己的手腳
換來一張張生活所需的紙鈔
不朽、偉業的獨裁者肖像
緊緊貼著我的褲襠，
悉達多在回收的牀褥上
以靈敏的直覺背對我，
深宵，自由廣場的深處

偌大銅像仍鎮守至今
怕有天也會被資本解雇？

42.

⊙
●

夜裡，一具人影怵然掉落地
從萬商大樓雲端
從校園圖書館頂樓
筆直降落
每個夜班的日子
都有螺絲
不經心，紛紛碰落地
那聲響溶入地影
大樓的身長就更濃稠了
往黑暗墜落——一貫是

萬物生成的命運

43.

⊙●

地表快速迴繞，流星追擊
翅膀飛騰之際
愛的氣旋纏繞恨的雲雨，
記憶，我的瞳仁立於暴風核心，
往事幕幕逆轉
意義，無非是宇宙之海翻騰的白沫

一眨眼之際，幼苗於祂瞳眼之映
快速生長
芽繁冒為葉
枝迅速抽長為幹，幹中水液遊走如蛇

轉瞬，纖指撐開時間
綠意鑿進空無
腰肢曼舞於洪荒時流

極致白晝中
三萬六千根光羽飄飛
我倆飛旋

44.

⊙
●

——這裡，是永生的園子？
（貓頭鷹停佇太陽公公英氣的瞳仁裡）

那樹木，有遠古的血脈……
智慧果實垂掛枝條
蛇兒纏樹，牠永世赤身露體
就比一切活物都還要狡猾
蛇腰難以抗拒
隨處可觸的嬌乳……
「毒啊，遠離善惡樹」
牠好古道熱腸

「……樂園如此自由幸福」

但眼是亙古的，嘴
是永恆的慾望之泉
我見果子能悅人的眼目
就偷偷地自喜，摘下來
讓見證者都嚐
一入口，我瞬即意識我空洞的腦
我無知的心
我瞬即聽到一代人的禱詞——

「拉著幻聽的線頭
迷宮 瞻仰成一座普世的樂園
救我等脫離欺罔

悲憐 塵土最憂傷的宿主」

再見了天真的幼獸性
夢果——嘔出愚民精神的殘渣
時間的潮水淹沒了島嶼
一張口
綠蛇吞噬了我的夢。

她喃喃道：

「善惡樹……

惡夢不醒，良夢無眠

那箭矢，筆直地往太陽奔去……」

⊙●

領我，通過那頸項的夢膜
進入狀如子宮的洞穴
四壁華麗的動畫逆時針奔騰
無數的鷹爪正射御殺戮
夸父倔傲的顴骨已癱
白狼深沉的慾念鳴放，眼線佈滿大地
薛西弗斯剛勇的心已萎
孤獨的黑太陽——焦熱地來回梭巡
天使，我見到祂
皎潔的臉正慢慢扭曲
越扭越苦

終於祂血手印蓋上石壁，口念
咒語捆綁一批批負罪的影
人穿戴一身罪影，日陽烙印
一隻貓頭鷹
立權杖之上
牠意味深長的眼神看我
哀憐焦黑不毛的大地
憤怒的黑日冕——焦熱地來回梭巡
萬不可回頭
萬不可變為鹽柱
原是耐得住那美麗琴聲的慾念
我才一步步，終究艱辛
從幽冥無意識走進夢醒領地
最後一小步，意志癱弱一剎那

我承受不住萬般的逼迫
就此回眸吐露——我親愛的她
莉莉絲就此失落在幽冥黑暗中
一小步，整整走了大半輩子
我才從時流博物館的人權室走出來

回到昏黃燈光膚觸下
貓貓在床上滾來滾去
「貝絲蒂」似要賴的孩子
一個筋斗，四肢朝天靜止
轉頭斜眼流波
又似勾人的女子

48.

三、

⊙●

跳蚤在無量貓毛裡
瘋狂跳躍上百萬次
「我是世界之王！
我是世界之王！」
牠意識到體內
億萬電子正激烈圓轉著
「我又怎能輸
給我自己」

鐵屋裡，探深深天井
我跟著牠強力吶喊著
在最卑賤的世界
也無一意志虛無

四、

莉莉絲的餘蔭裡我站入
「……我可以？」
我試圖撥開她影之斗篷
如雨盼望洗淨大地，如蛙
渴見甘霖
她卻緊緊抓住衣襟
風聲流瀉在行道樹葉隙
滑過我不曾造訪的心事

「人心需求遮覆……」她搖頭
在轉型的城裏，影子如一尾蛇
緩緩蠕動爬上她背脊
蛇兒纏身
堆疊的結是一個又一個的問號

⊙
●

「善惡樹，夢果
……昏昏沉沉
一半的夢邪惡，一半的夢青靛

你，奪箭射向太陽
失去血色……隕落的黑日冕
人影幢幢欺瞞的心

買辦的胡狼摟上我的腰
賤骨頭的盛宴上舞蹈
齷齪……我齷齪的腳蹤……」

她宛如失語症者般呢喃……。

緊緊地，我摟住她的影
本質憂鬱的人，緊緊擁抱
才擁抱到自己身上一顆心

我：「太陽，黑日冕
似真似假，本是自己隕落的……
似幻似滅：在杜撰的年代
妳不也是被虛構的角色……」

莉莉絲雙頰一瞬
膨脹，眼如冰迸濺
黑日冕的臉扭曲，頭顱

慢慢掙脫出狂嬈的犄角

⊙
●

穿過情資線
我們穿過情資線
我們穿過要塞圖
往偽人民武裝的保衛隊
往普匪羅米修斯的逃匿區
沒有階級成分的高牆外，我們努力建設屋宇。
穿過泛黃紙張
穿過褪色墨水，我們
穿過指導員的鑑定
一群芳名有載的運動者
無視國家綱領，穿越獨立陣地

我們往電波山地的連線
往鹽分銷蝕的海濱
我們往藍天放封的亞熱帶丘嶺
沒有人欺人的高牆外，我們努力耕種作物。
總要掌握大方向
總是心疼台灣底層勞動者
我們願與上帝同跌倒，我們
不願屈服槽饋下
鬥陣作一隻快樂的食豬。
穿過匪幹中心
穿過朱毛匪幫地下黨部與薛匪西弗斯在奈何鄉成立小組任書記
繼而擴充支部由夸匪夫領導從事宣傳冥黨主義調查社會動態。
穿過過盛的民族意識
穿過樸素的歷史白霧

合法掩護非法，我們面對懲治叛亂條例
穿過打印的流水號
瘋癲掩護理智——
我們正義的心便有眼淚先掉下來
花果凋零樂園飄搖
穿過南所與大廟，汙濁的空氣排泄的水壓
穿過仁義禮智信等層層卷宗。
便衣穿過黑夜
闖入四處翻
我兒心善良，我兒心理想
深知努力乃抱基督愛
我兒最後乃以路途走得過遠身先卒
穿過大灘烏黑的血
穿過右後背肋骨折斷九支左側折斷三支腹腔積血嚴重肝肺破裂

腎臟一邊腫脹恥骨斷裂（下體遭重重擊）對理想國坦白從寬。
（被）對不起您，（被）請您寬恕
（被）反留給您您您悲傷
有體有魂的冤屈者為這點淚不已
善者福
惡者禍，直之升屈之沉
奈何之水西流急
穿過事事施奸巧之世人
穿過千迴拔舌罪人肩掇之業力
登天梯過金橋
朱衣玄冠引入見。
穿過離婚證書，也穿過
死亡證書
抓得到肉身不得逮捕是靈魂

穿過林投葉
穿過木麻黃
歲月追擊著歲月的影
命運在命運中日漸傷淡
滿山淨白野百合，新生
搖曳，是一座座悲傷
溫柔但信心的塔，我們
穿過林投葉。

驀然，一顆透明水晶
自眼角溢出
心泉，湧出一滴又一滴晶瑩的露珠
潺潺溪水在我身內流
露珠無影，水
讓人本色自現

一眨眼
我原是一滴不忍的夢珠
泡泡般汪洋裡載浮沉淪
一眨眼，我就垂淚在地球的眼角

倒懸行星正下方
瞬間就要墜……

墜，往下墜……
數不盡的寒螢之光流淌
星體，無止盡往黑暗下方墜
貓貓叼著一袋汪洋
我見到祂杏仁眼中
玲瓏剔透的無限哀傷……

天暗，露珠再度落下
腳下匯成一條思念的水道
踩著露珠前行，地上樹影舞踊
有約來踐

我抵達貓貓意識裡的門

53.

⊙●

「悲傷」，那是淚水緩慢
凝滯成一錐錐倒立的鐘乳石
悲傷總是懸空的。
探照燈放大空疏的影
落拓的我在洞窟中抑揚著
紅白藍的溪水，心底伏流嘩嘩。

「癲笑」潺潺奔過地下水道
在漩渦暈眩處一陣交歡發噱
笑，總是聽覺系的。
洞穴壁上的動畫：「我臉蜷曲，慢慢

豹變成黑日冕；犄角癲冒」
（問貓貓）——這裡是我夜裡的夢圖……？

我看見我的「積鬱」
在地上分泌成厚重的化石
積鬱，才是多維世界裡最難滅絕的材質。
另一處洞穴壁畫，「蛇兒僵立我白帽
我臉上的洞泊泊流出都是謊」
（貓貓點頭）——這裡是你光流創化的軸突！

貝斯蒂領我，文字最憂傷的宿主
「幻想」，乃遠行歸來的良心犯
一張眼已人事全非。
「時間本是沒有深度的漩渦

務要保持心之侘寂」我對我
自己說……。

站在歡淚燕丘的三岔道上
：「這樣好嗎？
甜美童話真是好嗎？」
命運的苦天使笑燦燦
我：「記憶早已把我鞭打成你
我苦得早已是你監視著我自己」
薛西弗斯：「過去從未過去」
夏娃：「未來從未到來」
夸父：「嘴永恆遺棄了話語」
苦天使：「瞧你曾經那哭著
求饒的模樣，可愛的淚珠……」

驀然，她的笑靨盈盈俯下
湊向良心的孔洞
秘密：「末人。正義的路口
我是『現在』的守門員
宇宙中沒有一張面容
能逃離我的追捕
我眼球的控訴……，」
空蕩蕩　貓頭鷹骷髏般眼眶裡
卻一無所有　智慧女神[8]的黑洞
我在「現在」的瞳裡
見到無限引力的憂傷……

五、

「當他們得到了開釋
便轉入一家瘋人院
幾個相識的伙伴
都是堅守節操的思想犯
據法醫診斷
老張患了精神分裂症
老李染了狂熱病
老江是夢遊者

當他們得到了釋放
隨即被押入精神病院」

註：這是政治犯曹開（一九二九—一九九七）的詩作〈開釋〉，白色恐怖時期曹開曾入獄十年。於獄中從事新詩創作，他喜以數學算式入詩，被稱作數學詩人。常有政治犯經多日審訊無眠後，視野所見皆液態，萬物像水一般流。更常有政治犯因禁不起刑求而精神崩潰，成為「電波中隊」，他們會接收到莫名的訊號，有人將己幻想為鳥，能飛回台灣家中。基於行文需要，於此抄錄〈開釋〉全詩，由是感激。

於是我開口
任精神飛翔
日日呼喚妳的名
讓電波穿透言語
語言是牛奶
日日我說我愛妳
餵養妳盼妳安好
語言是蜜
夜夜我說我吻妳
讓妳不渴讓妳甜
妳喜悅在我話語裡

飛越海洋返抵故園
喜悅是妳，話語是妳
人類住在話語裡

在一個小耳昂起
典雅脈脈的的春日
莉莉絲跟我
坐握旋轉太空椅終日
任文字馳騁
任電波如駿虎奔騰
健壯的腳蹄跋涉了長途的神話時光
繁茂的鬣毛在風中飄啊飄
長不大的下午
鬼混青春的牯嶺街書市
擁著小公園前的噴水池

我們相互熱情成一個圓
書頁，撫觸頭顱每一角
坐在老虎座凳上
旋轉著牠靚麗英挺的頸
深遠的眼眸來回來回繞圈圈
旋繞出星河寓意
旋轉的不止是歲月
旋繞中橫縱奔奇萊
見晴光合歡
見風兒在妳身上彈奏
跳躍的曲譜鎏金
旋轉——是宇宙大運行的原型
坐握電波鬣毛，莉莉絲歡樂回眸
想要對我大聲唱：一張口

五線譜的柵欄後
一霎我見到她半截的舌！

57.

⊙●

在新月和舊日之間
我們旋繞啊來回奔馳
見太陽被黑夜吞噬
黎明時 再度被釋放……
由東到西，由西到東
漸漸分不清奔馳的
是駿虎還是執念的地球？
越馳愈深入黝闇
夜，黑暗埋葬了我們
深淵四圍
狂風大作；奈何水急

如困在翻騰太平洋
人善人欺天亦欺
莉莉絲和我下騎
地表緩緩起伏又下降
好似步入冥后的內心
繁星僅現身 窺天一小孔洞
天堂曉夜放過誰
渾沌中我們醒睡三日
卻愈發累積廣袤的夢慾
越睡越飽滿，愈夢愈脹
驀地，強力水柱
把莉莉絲和我都噴上天幕
蕩漾銀河
高掛成一顆顆繁星

（原來，一座深藍鯨身
吞噬我倆）
河漢浩瀚掛滿了星兒
繁星啊，我見你皎皎星芒
點點燦爛是我們
昔日呼告的理想主義
一蕊蕊星眼
簌簌淚流

旋繞啊奔馳
太空猛虎，夢遊牠靚麗英挺的身軀
以光年的速度
我與莉莉絲如鳳凰展翅
環繞鯨身的島嶼，騰躍黑潮
天涯盡頭
鼓浪來往重回火燒島，終於
見到黑日冕緩緩落入藍色的無垠液體
這淼淼茫茫的水
無疑是地母最幻真的魔術
天地如蛻

太陽啊，你每日都要來到世界的水面
鑒照那揮不去的傷口？
我走入水中緊緊擁抱日虛幻的影
過去有多少母親，為她們的孩子長夜哭泣
為前塵，我不禁淚滿襟
萬物的液體已經很古老了
我忍住悸動，對莉莉絲娓娓道：
監禁枯井，餓食缺水的時日
就算禁不住哭泣
也會把一顆顆湧出的無影淚珠，瞬即
珍貴地啜飲入喉……

來了，島嶼獸群都浮出紙頁了
山羊和水鹿舒適地臥在林地邊緣
同享溫暖的太陽
春光關不住
開心的野牛在風中風化成詩
貓頭鷹亭亭在枝枒高處
嘴叼時間的碎屑，整理著光陰的雙翼
來了，成群結隊的母親來了
聆聽著伊甸的樂舞
四方，植物的顏色蠢蠢躍動
野放，動物的魂體人類的知性開始合流

冉冉和解的歌隊來了
凝視在永恆的水邊
沿著永恆的螺旋意識
無數小宇宙環帶的和弦
我愛妳妳愛我體內的溪水潺潺流瀉
所有的物體在我面前液態合流
那時，萬物的液體很古老了
時間在我裡面流

我倚著繁茂之樹讓陽光緩緩掘地所有的栖息呼吸都往泥土裡去根與根自體相連，黑暗中徐徐探索，一勾指，友誼錨錠在底層消融，所有的夢悠悠合流進入古老地球的心，所有的意識泅泳時間之海所有漣漪渙渙向岸所有的海靜止所有液體古老，水。

61.

六、

寂寥懊悶的夜
月昇無人的衢
野狗對著一根電干木種下的長長影子　野尿
夜行貨車從南方
運來即時入庫的生鮮
薛西弗斯幹練地拉著推車
來回，把相同之物堆高相同之處。
夜城，影子熙攘來回，漠然
一千名苦天使在街上蹓躂

無人識得他們，也無人識得
尾隨的夸父，也無人辨得之間
刻意的民主距離
影子漠然，讓自由更顯索然
——遺忘，如夜複沓。
風聲流瀉在密密行道葉隱裡
踩著一名苦天使的影
我們同趨超商
夏娃在乾淨敞亮空間裡忙碌著
光雨濕溽她的影子
這般時流永劫
不知來過幾千幾萬回了
——苦楝新嫩綠芽正細細開。
同坐在資本超商前

無垠光流，一視同仁
恩澤著罪人與罰者
同是時流鬥爭中的原料與劫灰
我們終於平等同坐
夜星，持續掇送密語
古老點點都是時間的咒語
同坐商店板凳上抽菸
心在沒有牆外的高牆內
傷感，流瀉密密麻麻思緒孔洞
但靈魂的三絃琴，還是將溫柔這根弦
弓得平衡。
日晨微曦，普照地球眼角
普照領袖倚重的拐杖
普照末人一輪競技的遊樂場

普照著永不打烊的超商店招
普照著褪去光圈
疲憊了的天使與神話諸眾
光中蘆葦搖曳
睡醒蒼狗伸懶腰
日陽並不特別偏袒誰
或憐憫誰。
日間活動漸蒸騰
三兩孩子走上學路
俄然一名新生拐倒在路旁
天使急趨，前扶
博愛浮現他面容
同當年他在昏搖黃光下拷打我們
乾癟的嘴唇是同樣那般溫柔。

坐回後，他刻意忽視我
不帶情感的回眸
夢蝶無聲飛過
忽地他轉頭，遞上一根菸
予我殘疾的右掌
磁性，語調富而好禮問：
「普羅米修斯，方便
跟你借火？」

62.

我拏著濃郁火把走出洞穴
拏著一朵繁花光耀，暝色的暈暈玄藍
日陽刺我
勃發的日陽刺傷我
我一身光潔無瑕的肌體
至善之光
引我
白香氣雰雰
流瀉成一道魔幻的時光曲線
晶瑩的分子流瀉往下墜，點點眩惑
越深越暗的穹蒼，憂上加鬱的雲霄幽暗

往下……
深邃那無明界域，那裡鎮守的永夜黑暗儆醒。
太陽，至善之光
仍將以尨然之尺度
臂旋遶行星際五十億年，至蹟明火熊熊
耗盡生命前
祂將無限膨脹為吞噬的紅巨人
食量破錶體積無垠的紅巨星
把地球的夢蒸發殆盡
一滴海水也不剩
行星焦黑
窸窸窣窣的橢圓形倒影在璀璨銀河裡寂寞映。
人淚
髣髴從未在世存有過

貓貓的雙瞳哀憐
同看著
那時，人類不知已滅絕多久了。

⊙●

晨起
我仍持續灌入黑色汁液
讓靈魂培度回甘

（我的右眼回望過去）
杏眼貓常呼嚕嚕
在我的手掌中翻滾
（我的左眼投向未來）

宇宙史上最輝煌的那一次地球自轉日
牠總共呼嚕嚕了1562次

64.

派報
GR-297

輯二：浪人獨步

†10首獨立詩作

偈

一根蹄膀
竹竿上微風中懸掛了好些日
蠅給了許多吻
懷孕了許多愛的幼兒

蜉蝣歌

「我將開口，同時感到空虛」——魯迅

1.

當青春日轉稀薄
能自我摧殘的年歲卻還那麼長那麼長
暑影
旋繞

2.

斜倚列車門
日神在我臉龐映出季節的織理
歸途的方向神秘

3.

0往1邁進
你說
門開了
出去是必然的命運

4.

閃電開闔

我浮游　如一朵雲

渴望著

粉身碎骨那一刻

5.

雨落

在野草繁盛的大地上

拾起一把沃黑的土

所有肉食性動物的今身

而靈魂——似水

母親，妳究竟流向了何方？

在水一方——無色篇

觀音瞑豔
嵐風偷偷欺近她的眼
口水口波半有無
而口色的淡水河正緩緩溢落星球邊緣
倚著窗，她心的沼澤氾濫
美麗想唱歌
而悲哀
悲哀正梳著她口口色的秀髮

那水湄
那女子
……是失去顏色的

在水一方——有色篇

觀音暝艷
嵐風偷偷欺近她的眼
淫水嬌波半有無
而情色的淡水河正緩緩溢落星球邊緣
倚著窗，她春心的沼澤氾濫
美麗想唱歌
而悲哀
悲哀的小狼狗正梳著她腥羶色的秀髮

那水湄

那女子

……是失去醜顏赧色的

水

夜膠著於不均質的流態
心最容易耽溺，擱淺在濃稠的黑水裡
有情人戮力擊打著燧石
讓肺燃燒
夜裡
所有的火
來自遺骸的轉繹
所有的水
都來自宇宙第一滴水

我看見憂傷
緩緩流過妳的血脈
那水域的紋理
淤積心底，曠日已久的沖積扇
長河究竟是一首綿延不絕的歌？
還是無以數算的水珠相濡以沫？
所有的歌
來自無垠的風
所有的水來自永恆的水
忘情人戮力擊打著星火，讓夜燃燒
愛所有的歌
愛所有的風
愛所有的水
永恆的水

使徒之書

第八小節的鎖骨
藍調慢起伏
靈長類身體最美麗的地景
觸摸過去，閃電便顫抖了
——那是渴望的命門
處理完一道愛的命題如同治癒寡人一千種隱疾
沉沒了

自我沉默了，我
開口，詞彙綻放真正的物質性：我愛，我愛
妳的邏輯妳的罪

蕉

蕉一串串黃
豐美磊磊
吊陽光
吊夏熱的浪
垂傘分裂式
垂涎欲滴
熟軟白嫩的
喔，慾望
一夏

蕉，根根香
豐美磊磊
吊地力
吊維他命C
屌一根根
屌長有棱
馴化熟成的
喔，雜交
外匯

一根垂掛在
太平洋上的
一根孤島
（第三世界）

外黃內白的
代工附庸
蕉，根根香
蕉一串串黃
豐美磊磊
垂涎欲滴的
喔，香蕉ㄟ
芭樂

拉衝浪

光溜肌體，健健朗的笑
牙齒亮麗若新碎的浪
髮稍，滴珍珠魚鱗的汗
雙手交叉著雙手，雙腳
跳躍著晴空交疊大地
他們羞澀，他們放高歌
他們靦腆，他們縱情舞
青春，是豐年中熟成
舞蹈自轉的圓，拉衝浪

跳水、划舟、掘海膽
他們電吉他去電妹子
衝浪、殺水母、吼海洋
太陽能純動力，熱情
阿美，太平洋拍岸而成

雙手交叉著雙手，雙腳
跳躍著晴空交疊出大地
他們羞澀，他們放高歌
他們靦腆，他們縱情舞
青春，卻超豐年趕進度
熟成，如小米酒擺臭酸
早凋，唇紅若魚肚臟
捲髮稍，滴男模鷹架汗

光溜溜肌體，公賣局笑
他們仍靦腆，他們吉他
弦染東岸耆老苦吟調
年復一年，熱情阿美
原民，在自己的島嶼流浪

註：東部阿美族人有族群的年齡組織，十二—十六歲青少年加入「Pakarongay」接受訓練。十七—四十一歲則加入五年為一階段的「Kapah」，「Kapah」以「拉……」取名，如拉太空、拉經國等。「拉……」通常以該年度重要事件命名，如二〇〇〇年時晉升為「Kapah」的階層被稱為「拉千禧」。東海岸東河部落最新的年齡階層為「拉衝浪」，紀念衝浪活動在二〇一五年成為該部落年度盛事。

海子

褪去一切，回歸你
終究我裸裎
向你，赤祖祖
好似
回歸萬物初生時
一無所有……。
弧線下墜，我化身
臀部俏麗
一海豚

隨海湧起伏
你來，我潛越
你去，我魚躍
黑潮中流線如綢
跳躍浪尖
黑暗的迴聲中
辨識命運的掠食者
海的沉默
我不迎不拒
靈魂的衝浪手
早已渾然忘卻
自己還有身世⋯⋯。
海——本是無家者的歸宿
不是浪子

我本是拒絕成熟的海子
倔性子
執意向你，褪去一切
回歸宇宙洪荒最裸裎處
一無所有
時流悠悠晃晃光暈中
無我亦無復有你……。

浪人獨步

1.

無止盡的輪廓。水域
每一世的眼睛見過

死了，波浪又生一波波
岸，啟程與抵達——
我在11號公路上看

樂聲往天際。太空

族人們圍圈祭禮
更遼敻的歌詠在太平的洋

都蘭山在天際那邊
每一世的眼見過
更遼敻的歌詠大化的天

2.
光子大歡喜中紛紛墜
海天。太空藍緞帶

裸人從陸塊進入海
一匹獸

一波波喜悅生命一波波
黑潮。風過樹梢。稻
——海岸山脈下
阿美孩子金黃色熟成

我從固態化身為一道浪
飛騰，浪的生死中凌空
其下——是千噚深淵

後記

水，水珠浮瀅，一霎滑下。

水，水滴泌湧，下滑奔入一灘鏡水；水溶入水。

更多的水珠湧入，水灘分裂；化生無數珠兒渙渙往更低窪鏡面處馳去。

長寬60x40m的偌大空間裡杳無一物，唯一，就是四方皚白地表不斷滲湧的水，凝珠四溢，氾濫、漫漶，路徑總未定，緩緩泊流或中斷安瀾；大小水窪濈濈然，復又注入地心消失。

這裡是瀨戶內海的豐島美術館。

美術館主建築就似一顆從天而落的巨大水珠體，屋頂開了兩片穹蒼似的洞。一間美術館，只一件展物，地面水珠湧升奔流；無數水窪分分合合。

變，是唯一的規律（principle）。水，是唯一元素／基質（element）。

水，是一也是多，是動也是靜。

豐島的陽光空氣水，所有自然物緩緩在這空間恣意流動，靜靜吹拂灑落。偶有一朵白雲微露穹蒼洞天之上，遮蔽生陰影。

偶爾幾片殘葉從館外林稍空降，飄落積水生聚間。

偶有幾隻黑鳶緩翔，天頂盤旋，嬉戲復遠離。

黑鳶幽棲深林中，日日在陽光裡高翔覓食孳衍，有天就會老死，消解林葉地上。想像這片綠蔭樹海，臨風生姿，有朝會因天災蟲殃而整片棲地滅絕。島在海上，海搖櫓星球之上。

一件展物，以一御繁，宇宙法則皆演繹其中。

動與靜。

黑潮。風過樹梢。稻。晷影旋繞。曙光摩娑花蕊。突變蛹生每一世的眼見過。物競天擇各自榮光在各自的名。歲月追擊歲月的影。民族主義廢墟上一再重複死人骨頭的盛宴。榮枯，歸途的方向神秘。張大嘴渴飲燦爛光流。

一與多。

我見到無止盡的恆星旋繞。奔馳。凝滯。爆裂後化生為無數星塵，復又爭相逐往更黑暗處騁去。宇宙雲霄裡，無數的新星湧現，四處飛躍。衝擊、依附、聚合、離散，一整套煥綺的星圖幻化天河奔騰如舞，宇宙賦格明亮。我的詩寫：

流瀉成一道魔幻的時光曲線
晶瑩的分子流瀉往下墜，點點眩惑
往下⋯

深邃那無明界域，那裡鎮守的永夜黑暗儆醒

或是，

來了，成群結隊的母親都來了
圍坐在永恆的水邊
來了，冉冉和解的歌隊來了
凝視在永恆的水邊

在古希臘哲學裡，如赫拉克利特(Heraclitus)或恩培多克勒(Empedocles)的思想裡，規律(principle)與元素(element)原是同一個字，即 ἀρχή（始基／Arche），元素就是規律，即最初始。

「水」是字；「星體」，亦是字詞。太初有字†，字是最初始。

字，泌泌滲出浮游滾動，字與字相互擊掌，激盪出最柔軟的夢。有時潺潺，在漩渦處暈眩，打散出更多更多晶瑩剔透的字。竄流綿延，在歷史長河中，在星際橫渡之間，在變態天擇征伐裡，它們彼此相讎相愛相恨相依賴。聚散一次次。在這顆小行星上終將液態合流。

聚——散——生——滅；是水，是字，也是詩。

所有的夢悠悠合流在古老地球的心，所有的意識泅泳在時間之海，所有的漣漪渙渙向岸所有的漣漪緩緩退卻所有的海靜止所有的液體古老，水。

† 「In the beginning was the Word / Εν ἀρχῇ ἦν ὁ Λόγος。」

人籟之極，萬籟之門

——對談《渴飲光流》

蔡翔任 vs. 吳懷晨

蔡：

《渴飲光流》無疑是一部非常詩作，這本詩集既神奇、玄秘，甚而困難。我想，一本詩集若有所謂的「成功」，那麼其中一個判準便是它提供了新的感性、改造了讀者的感性。你這本詩集的語言風格有難以言喻的滋味，似乎教導我們去品嚐某種精神之物；詩集題署「渴飲」，多麼直接的感官與肉體層次，不無承接韓波與紀德《地糧》的血脈，特別是前者的：

面對無欺罔的太陽

人應該做甚麼？：痛飲。

（Au soleil sans imposture

Que faut-il a l'homme? boire.）——〈渴的喜劇〉

而「光流」，有二重性，既是與哲學共同誕生的觀照，又是比哲學更古老的神話祭儀；是清醒、冷峻的意識，又是意識溶解的狂喜。

吳：

我想，你早已看出這本詩集中最重要的母題，以希臘哲學是柏拉圖的洞穴喻、太陽喻，從神話言則是普羅米修斯的盜火。〈渴飲光流〉，原是談一群（政治／真理）盜火者的命運，以台灣政治先行者的事跡為基底。

洞穴喻中——蘇格拉底手持火把，照亮洞穴中被蒙昧監禁的世人，他走出洞穴，眼見最明亮最是至善的太陽，光流沐浴著他，他不敢直視這燦耀的最高理型，阿波羅神的原身；日陽亦是彈著里拉琴的阿波羅神。眼睛與光流，啟蒙與蒙昧。

同樣的，東方紅，亦是高高的領袖。紅太陽終有隕落一日，是象徵，是神話，也是科學。人類，原是星塵的後代。每日晨起，我見到朝陽，是科學的日光，是轉化體內維生素的光子，是光合作用的催化劑，是溫暖我海上肌體的膚觸，是古老神話的光流。

蔡：

不過，你把政治意象寫得更深、更有原型寓意，這種距離感是好的，而且可以跟整個文化傳統共感、呼應。〈渴飲光流〉式的遊目與味象，在我看來，精神承接自盧克萊修偉大的哲理教誨詩：

這樣，一物為一物燃起照明。
（Ita res accendent lumina rebus）——《物性論》I, 1109

既有酒神化、流質化的阿波羅，也有哲理化的蘇格拉底，其中光、色、味、塵的彼此轉化，一物接續為另一物點燃照明。

這讓我不禁想到，海德格在〈論真理的本質〉一文中也檢討了洞穴喻。在洞穴中陰影被視為真理，人出走後雖識得真正的光明，但光流亦需陰影的相襯；這讓我認出了你詩組中迴旋的影子人，既是資本主義下罪的象徵，也玩味出真理之得與失的辯證。

另外，我必須說，〈渴飲光流〉的非常，它的另一處「成功」，便在於開啓了全然不同的現代詩的書寫，是敘事體與抒情體的激盪相生，提供了嶄新的閱讀形式。整首長詩（分六十四帖），固然可以單篇閱讀，但就是在層層的堆疊與推進中，故事情節與意象才纏繞出不可思議的史詩整體。既有政治犯史實間的相互索引，也揉雜入神話間（希臘、希伯來、中國、埃及）的互文創生；精彩又費解，必須要通篇掌握才得以解謎。

吳：

「一物為一物燃起照明」！感謝你為這本詩集引入的光流。誠然，我最初下筆時，心裡對照的就是荷西爾德《神譜》、印度《奧義書》、日本《古事記》等，渴求的是希臘式 mythos，活生生的故事，下筆即神話，脫口就如荷馬史詩般吟詠。〈渴飲光流〉中，我最初寫下的就是那隻銜著宇宙前行的貓貓。這畢竟是「詩／思／神話」同源的一種追求，但，不知自己是否實驗成功？

我原不願加入太多註釋而干擾閱讀，長篇詩作中是有許多對照的史料。況且，寫著寫，整首詩篇分出三部分，時序跳躍（這時就可惜中文無時態之辨明了）。我自己覺得這首長詩最富實驗性在於，雖以史詩架構，但詩帖參照間已全然是當代小說的調度形式，以老政治犯「我」來貫串史詩。我的確是像剪輯著一帖帖的蒙太奇般安排著架構，也各是夢一場……（如某政治犯前輩所言，閉上眼才往事歷歷，睜開眼則人事全非）。

蔡：

對，文字與想像，密碼與索隱，暗示與象徵；整組詩在夢與神話間遊走，敲打著虛構與杜撰的疆界，拷打著記憶與歷史的虛實……。但輯III開頭有些費解，該是最政治現實處，你用了伊甸園的寓意來處理，反而最是抽象？

吳：

或許是另類政治神學的演繹吧。我想到《啓蒙的辯證》所言：

神話即啓蒙，啓蒙即神話的雙重迴路。黨國時期的所有政治寓言，不都是神話？

蔡：

我想到班雅明說的，唯有神聖事物才能打斷神話的暴力，雖然這神聖事物像謎一樣留給有心人去破解。你曾跟我補充了其中一則軼事，在綠島服刑的政治犯居然利用樹根、鋤頭柄等材料，在獄中做出一把可以拉的小提琴。另外，在那張槍決前寫給妹妹蔡敏的明信片上，政治受難者蔡鐵城於左下方畫了梅花跟枝頭上的鳥，右上方畫了一只從樹枝上長出來的鐘，中間寫下了歌謠般的詩句：「梅花開，小鳥叫……」，這些文字也被你引用、變奏，形成詩組星叢中的一顆星，留待我們指認。

你是如此虔敬地挖掘、接過諸如此類的心懷意念，將其安放、守護，並交與讀者。我們能否分擔這種承負？

吳：

此外還有「星圖」，是小提琴家胡乃元之父，胡鑫麟醫師在綠島服刑時所繪；萬一能划船逃離綠島的話，以星圖不會迷失在太平汪洋，而能找到台灣的方向。星圖，也就聯結起整組詩的宇宙論。另外，在起義的詩篇中，也融入了泰源事件與左翼詞彙。

蔡：

原來如此！我突然想到在西文中，災難（désastre）就是把星星抹除（dés-astre）。星圖就是希望啊，火燒島是悲劇，卻也剝離出人與天地最原始的感應。另外，這整組群像還有：苦天使、夸父、夏娃、薛西弗斯、貓頭鷹、貓、鴿、蛇、莉莉絲……。

吳：貓頭鷹與哲學，維納斯與正義之間的關係，我想你也充分掌握了……。就像天使／苦天使之轉換，就是情治人員在轉型前後的今昔之比……。

蔡：的確，〈渴飲光流〉中，既有猶太式的天啟奧秘，也與古希臘哲思相糾纏、辯證，也讓一些半透明的精靈得以在肉眼凡胎的人世中來回穿梭，喬裝變形。於是這組群像，不論是神話人物或動物……，其意義近似於班雅明（Walter Benjamin）對卡夫卡文字世界中那些群像的解讀：

「任何被遺忘的東西都是同洪荒世界被遺忘的東西混淆在一起，形成無數變幻無常的結合，產生出不斷翻新的怪胎來。遺忘是一個大容器，卡夫卡作品中那種永無止境的中間世界就是從這個容器中顯露出來的。」（〈弗蘭茨．卡夫卡〉）

一遺忘，即成為史前，哪怕它離我們多麼近。這座以快速遺忘著稱的島嶼，在〈渴飲光流〉的書寫中，成了一個史前的生靈死魂們忽隱忽現的世界。於是，在政治受難的基底之上，一種草根魔幻的歷史敘事體跟自然哲學抒情體交織在一起了。

吳：是，記憶與救贖，你所熟知的班雅明歷史哲學最重要的母題。

整首詩篇，我也挑戰式地，質疑著記憶的撰寫與修改，如「遺忘的，又何能修改？/你有編撰自己情節的自由呵？」或「記憶早已把我鞭打成你/我苦得早已是你監視著我自己」。但也不忘讓維納斯的笑靨盈盈俯下，「這裡。正義的路口……」。

蔡：

你引用曹開那首詩時的註腳，恐怕是整組詩最重要的一則意象：「常有政治犯經多日審訊無眠後，視野所見皆液態，萬物像水一般流。」這不只是遭刑求政治犯身上出現的感官現象。因為你在後記中也提及「水」，一種萬物本源的談論。如同你的神話企圖，讓我想到梵樂希（Paul Valéry）指出：

「宇宙生成論是最古老的文類之一，它的歷久彌新令人刮目相看，其品類也讓人驚艷。」（La cosmogonie est un genre littéraire d'une remarquable persistance et d'une étonnante variété, l'un des genres les plus antiques qui soient.〈論坡的《Eureka》〉）

此乃真諦，但當今詩人能得箇中三昧的何其少哪！於是，整體結合觀照之，好似返回到先蘇哲學那個古奧、謎樣的源頭：對萬物生成的沉思，那些斷簡殘篇既是哲學，更是似歌非歌的詩作。

吳：

是的，「電波中隊」，「常有政治犯因禁不起刑求而精神崩潰，成為電波中隊，他們會接收到莫名的訊號，有人將己幻想為鳥，能飛回台灣家中。」於是我就在那之後的篇章，讓「我」與莉莉絲於刑求中電波飛騰，是幻想，是鬼魂的回繞，是精神崩潰，也是夢的救贖……。

蔡：

這就是了！我們還能在甚麼意義底下回歸元素詩學呢？你給出一個理由，恐怕也是最駭人的理由（里爾克：美是駭人的開端）：政治迫害下的肉身。人跟水、光子、電波、鳥彼此轉換或接通，這原本屬於薩滿變形的最高修煉，在此卻是遭逼供拷打而溢出肉身邊界的極限經驗與幻覺，直逼異象，推向奧秘。

而若回到水，最基質的元素，〈渴飲光流〉帶我們重返那萬有整體的永恆嬉戲，那對生滅、鬥爭、湧動、流轉、暈眩的無限肯定，直到巴舍拉（Gaston Bachelard）所說的靈魂在水元素中的安歇：

吳：是，我寫「消融，所有的夢悠悠合流在古老地球的心，所有的意識泅泳在時間之海，所有的漣漪渙渙向岸所有的漣漪緩緩退卻所有的海靜止所有的液體古老，水。」（III. 五 .61）

蔡：不過，我必須指出，先蘇哲人並不單是探究原質或基始這類的問題，最終還指向正義問題，如 Anaximander 說的，有限定的萬物都必償還其不義，或 Heraclitus 說的，流轉與變化本清白、無咎，而萬物始終是充滿殘酷、痛苦與罪咎。你的宇宙起源詩學，亦不乏黑暗與暴力。你也向我說明過，詩中反覆出現的三叉路，來自於政治犯離開刑牢後的意識狀態：時間感解離了，不願面對過去、現在、未來，只剩下痛的空白：破碎虛空。

抒情突然中斷，彷彿抒情即褻瀆、罪過，必須自我破壞。說到底，宇宙無史，亦無所謂記憶／失憶、語言／失語、罪／救贖。宇宙無人，更無鬼，然而只消讀了幾首〈輯一〉的詩，便不難發現幾個生靈、幽魂莫辨的角色徘徊其中，如影隨形。某種異質性，再次浮現。

吳：鬼魂的回繞，本就是轉型正義的課題。我原是希望糾纏出時間與死亡，黑暗與正義的命題。

蔡：至此正是時候，我必須回到這本詩集一開篇的整個寓意：

探深深水井，峭壁
迴盪著慾的懸崖意識
禁閉，失言語
臆想孤鬼火的囚籠
對著一窩水蛙
我傾吐著起訴書上
無以閱讀的潦草字跡
不義的控訴宣言
「呱呱呱呱呱……」
本該帶入墳地的秘密
「咯咯咯…咯咯……」
密室，竊竊最甘甜的私語（I.1）

我想，再也沒有比這窩水蛙更接近猶太歌謠中的駝背侏儒的了。

猶太民間傳說裡，駝背侏儒會對小孩子惡作劇，製造冒失跟笨拙，卻無傷大雅。班雅明指出，駝背侏儒是卡夫卡一系列角色的原型，代表一種變了形的生活，等到彌賽亞到來時，他就會消失。（〈弗蘭茨．卡夫卡〉）。同樣地，你的水蛙也是被遺忘而退化成底層人物的原型，介於意識跟夢之間，其笑聲跟鳴叫介於語言跟無語之間，構成了〈渴飲光流〉的聲音主題。

如果說蛙鳴是被壓迫成低處的、模糊的語言，那麼提琴聲就是被扭往高處的衷曲，這兩者都是微弱的信號。特別是琴聲，它是奇蹟、是光輝，在受難中仍不放棄美好與自由，是思慕？是泣訴？似飄似飛，更高更遠，直上天際，在大氣中幻化為鴿、為天使，再搖落紛紛的羽毛於所思之人的眼睫上。那就是班雅明所說的，秘密的約定嗎？

這樣，你的書寫就從班雅明式的記憶與救贖，過渡到巴塔耶式的越度（transgression），溢出意識的外邊，逾越了人籟—蛙、提琴、天使、盤古、貓等種種太過人性的一切—之極，直到在萬籟中爆裂。

吳：

水蛙，的確是讀到政治犯的史實，於獨囚當中，只能勉力對水蛙說話而不致瘋狂。你也注意到故事的主角是提琴手與歌者間的愛情故事……。希望小提琴，確然是天明時為受難者所演奏的，回應了綠島上的簡陋手工琴，也指向了奧菲斯與他的妻子，詩神的神話……。光、水、音……，同樣都是在回應宇宙基質。

蔡：

或許我們該就此打住了，該把更多解謎的樂趣留給讀者。讓他們跟隨著〈渴飲光流〉末尾，眼睛、光與萬物一同墜往玄之又玄的暗淵之際……。

蔡翔任（詩人、大學哲學教師）

國家圖書館出版品預行編目（CIP）資料

渴飲光流 / 吳懷晨作 . -- 初版 . -- 臺北市
：麥田，城邦文化出版：家庭傳媒城邦分公
司發行，2020.04 240 面；14.8×21 公分 .
--（麥田文學；312）
ISBN 978-986-344-751-1（平裝）
863.51　　109002292

麥田文學 312

渴飲光流

作者　吳懷晨
版權　吳玲緯
插圖　王富生
行銷　巫維珍　蘇莞婷　何維民　黃俊傑
業務　李再星　陳紫晴　陳美燕　馮逸華
副總編輯　林秀梅
編輯總監　劉麗真
總經理　陳逸瑛
發行人　凃玉雲
出版　麥田出版　城邦文化事業股份有限公司　國立臺北藝術大學 Taipei National University of the Arts
　104 台北市民生東路二段 141 號 5 樓
電話　(886)2-2500-7696｜傳真　(886)2-2500-1966、2500-1967
發行　英屬蓋曼群島商家庭傳媒股份有限公司城邦分公司
　104 台北市民生東路二段 141 號 11 樓

書虫客服服務專線　(886)2-2500-7718、2500-7719
24 小時傳真服務　(886)2-2500-1990、2500-1991
服務時間　週一至週五 09:30-12:00　13:30-17:00
郵撥帳號　19863813｜戶名：書虫股份有限公司
讀者服務信箱 E-mail　service@readingclub.com.tw
麥田網址　http://ryefield.com.tw

香港發行所　城邦（香港）出版集團有限公司
　香港灣仔駱克道 193 號東超商業中心 1/F
　電話：852-2508 6231｜傳真：852-2578 9337
馬新發行所　城邦（馬新）出版集團〔Cite (M) Sdn Bhd.〕
　41-3, Jalan Radin Anum, Bandar Baru Sri Petaling,
　57000 Kuala Lumpur, Malaysia.
　電話　(603) 9056 3833｜傳真　(603) 9057 6622
　E-mail：services@cite.my

設 計　朱疋
印刷　前藝彩藝有限公司
2020 年 4 月　初版一刷

定價　320 元
ISBN　978-986-344-751-1